ILLUMINATION PRESENTA

minions
NACE UN VILLANO

MINIONS
AL AIRE

Ilustraciones por Don Cassity.

Cubierta diseñada por Ching N. Chan. Cubierta ilustrada por Don Cassity.

Little, Brown and Company
Hachette Book Group
1290 Avenue of the Americas, New York, NY 10104
Visítenos en la red en LBYR.com

Primera edición española: Mayo 2022

Little, Brown and Company es una división de Hachette Book Group, Inc.
El nombre y logo Little, Brown son marcas registradas de Hachette Book Group, Inc.

La editorial no se responsabiliza por sitios de web (o sus contenidos) que no son la
titularidad de la editorial.

Numero de Control de la Biblioteca del Congreso de Estados Unidos: 2021930656

ISBN: 978-0-316-28464-6 (edición en español)

Imprimido en los Estados Unidos

CW

10 9 8 7 6 5 4 3 2 1

ILLUMINATION PRESENTA

minions
NACE UN VILLANO

MINIONS
AL AIRE

Adaptado por Sadie Chesterfield

Traducido por Antonio Lopez

El guion por Matt Fogel

Ilustrado por Don Cassity

LITTLE, BROWN AND COMPANY

Nueva York   Boston

¡Atención, fans de Minions!
Busque estas palabras cuando
leas este libro.
¿Lograras encontrarlas todas?

botones

maletas

uniformes

bocadillos

Los Minions están pasando un día malo.

Primero, perdieron La Piedra del Zodiaco.

Luego, Gru les dijo que se larguen.

¡Y luego desapareció Gru!

Bob, Kevin, y Stuart

no saben dónde se encuentra Gru.

¿Qué harán?

El teléfono timbra.

Kevin lo contesta.

Es un malvado llamado Willy Kobra.

<<Gru está en San Francisco,>> él les dice.

<<¡Tienen dos días para llegar aquí
o jamás verán a su mini-jefe!>>
¡Los Minions necesitan rescatar a Gru!

San Francisco queda muy lejos.

Stuart, Bob, y Kevin

se ponen sus disfraces.

Luego van al aeropuerto.

Necesitan comprar

los boletos de avión.

¡Pero no tienen dinero!

Los Minions intentan comprar

sus boletos con botones y lanilla.

Eso no les sirve.

¿Como lograrán subir al avión?

Pilotos y sobrecargos
caminan por al lado de los Minions.
Llevan maletas
llenas de uniformes extras.

Los Minions ya saben cómo lograrán subir al avión sin boletos.

Ellos agarran las maletas y corren.

Los Minions se ponen los uniformes.

Kevin y Stuart parecen pilotos.

Se suben al avión.

Kevin se sienta en la silla del piloto.

Stuart es su copiloto.

Bob se queda con los pasajeros.

Él se parece a un sobrecargo.

Él necesita repartir los bocadillos.

Kevin lee un libro acerca
de cómo volar un avión.
¿Qué tan difícil debe ser?

Stuart jala una palanca.
Kevin le dice que pare,
pero Stuart no le hace caso.

Luego Stuart oprime un gran botón rojo.

Los motores encienden.

El avión empieza a acelerar.

¡O no!

¡Va a chocar

contra los edificios!

Kevin jala el volante
justo a tiempo.
El avión sube al cielo
y evita la torre de control.

¡Zum!

Stuart se siente enfermo.

El corre al baño.

Kevin deja que el avión navegue
por sí mismo.
¡Tiempo para una siesta!

Se despierta unas tres horas más tarde
¡porque suenan las alarmas!

Kevin jala el volante.
El avión hace maromas
antes de aterrizar.
¡Llegaron a San Francisco!

Stuart estaba en el baño

durante todo este tiempo.

¡Mira!

¡Esta enredado en el papel higiénico!

Los Minions van a la Guarida de Willy Kobra.

Tres hombres vigilan la puerta.

Ellos quieren impedir a los Minions.

<<¡Atrápenlos!>> grita un hombre.
Los hombres persiguen a los Minions
tras u callejón.

La Maestra Chow llega
para ayudarlos.

Ella es una maestra de kung fu.

Ella utiliza su kung fu

para impedir a los hombres.

Los Minions le piden a la Maestra Chow
que les enseñen kung fu.

La Maestra Chow accede.

Les enseña

lo básico del kung fu.

Los Minions están listospara regresar
a la Guarida de Willy Kobra.
¿Serán capaces de salvar a Gru?